Caméra cachée

Adapté par Ellie O'Ryan
Inspiré de la série d'animation créée par
Dan Povenmire et Jeff « Swampy » Marsh

© 2012 Presses Aventure pour l'édition française.
© 2012 par Disney Enterprises, Inc. Tous droits réservés.

Presses Aventure, une division de
LES PUBLICATIONS MODUS VIVENDI INC.
55, rue Jean-Talon Ouest, 2ᵉ étage
Montréal (Québec) H2R 2W8
CANADA

Publié pour la première fois en 2010 par Disney Press
sous le titre *Freeze frame*

Traduit de l'anglais par François Côté

Dépôt légal – Bibliothèque et Archives nationales du Québec, 2012
Dépôt légal – Bibliothèque et Archives Canada, 2012

ISBN 978-2-89660-403-6

Nous reconnaissons l'aide financière du gouvernement du Canada par
l'entremise du Fonds du livre du Canada pour nos activités d'édition.

Gouvernement du Québec – Programme de crédit d'impôt pour l'édition de livres –
Gestion SODEC

Imprimé au Canada

Première partie

Chapitre 1

Phinéas Flynn et Ferb Fletcher se sourient d'un côté à l'autre de la table de la salle à manger pendant le repas familial. Ils viennent de passer une super journée d'été : soleil, chaleur, douce brise et... un extraordinaire voyage sur la Lune. Les deux frères sont particulièrement contents d'eux.

Mais, en face d'eux, leur sœur plus âgée, Candice Flynn, n'est pas contente du tout. Elle dépose brusquement sa fourchette et fait la moue.

– Mais, maman, c'est la vérité ! se plaint-elle. Les garçons ont construit un ascenseur pour aller sur la Lune aujourd'hui dans la cour !

Madame Flynn hoche la tête.

– La dernière fois que j'ai jeté un coup d'œil, il n'y avait visiblement aucun « ascenseur pour la Lune » dans la cour, dit patiemment maman.

– Mais…, bafouille Candice.

Phinéas est malheureux. Lui et Ferb pensent que Candice est une super grande sœur, et ils ne souhaitaient pas vraiment la rendre folle. Ça ne les dérange pas que Candice passe la plupart de son temps à essayer de leur causer des ennuis. Phinéas décide alors de prendre sa défense.

– C'est la vérité, dit-il, hochant la tête. Nous y sommes allés aujourd'hui. Et Ferb a recréé toute la scène du « pas de géant », et tout ça. Regarde ce que nous avons rapporté. Il lui tend une poignée de roches provenant de la Lune, tandis que Ferb fait flotter le drapeau

américain à côté de lui, celui-là même que Neil Armstrong a planté sur la Lune quarante ans plus tôt !

Candice se croise les bras, un sourire narquois aux lèvres.

Mais Mme Flynn se contente de sourire à Phinéas et à Ferb.

– Oh, les garçons, vous êtes tellement adorables ! leur dit fièrement leur père.

– Hum ! Vous n'en croyez rien, n'est-ce pas ? s'exclame Candice. Je ne comprends *riieeen* à tout cela !

– Mais, Candice, dit sa mère en soupirant. Profite plutôt de l'imagination de tes frères. Cela rend la vie tellement plus agréable ! ajoute-t-elle. Puis, elle se lève et commence à ranger la table.

Phinéas s'étire et bâille.

– Repousser les frontières du temps et de l'espace, c'est vraiment épuisant, dit-il.

– Tu vois ? souligne madame Flynn. Comme c'est amusant !

Mais Candice hoche la tête. Pour elle, vivre avec Phinéas et Ferb n'a absolument rien d'amusant. En fait, depuis qu'ils vivent tous ensemble et que Ferb est officiellement devenu son demi-frère, les deux garçons ne cessent de l'embêter. Ils ne font que pitrerie sur pitrerie, et s'arrangent toujours pour ne *jamais* avoir d'ennuis !

Phinéas et Ferb, quant à eux, ont été enchantés quand la mère de Phinéas a épousé le père de Ferb. Ils se sentent bien plus comme des frères que comme des demi-frères. Et ils sont aussi les meilleurs amis du monde !

Se frottant les yeux et bâillant, Phinéas et Ferb se lèvent de table et marchent jusqu'à l'escalier. Après leurs merveilleuses aventures de la journée, ils sont prêts à aller se coucher.

– 'Nuit, les gars, dit monsieur Fletcher de son accent très britannique.

– Bonne nuit, mademoiselle qui a le cafard, dit madame Flynn pour taquiner un peu Candice.

Les épaules de Candice s'affaissent un peu plus tandis qu'elle se dirige vers l'escalier, mais elle ne répond pas à sa mère. Malgré toutes les machinations de Phineas et Ferb, personne ne croit jamais Candice quand elle accuse ses demi-frères. Ses parents sont toujours convaincus que c'est *elle* qui est à moitié folle !

– Tu vois, j'imagine que c'est très amusant, dit-elle en bougonnant, pour reprendre les mots de sa mère. Si seulement ils pouvaient me croire, ajoute-t-elle en soupirant.

Elle sait que sans preuve, sans une preuve certaine, tangible et indéniable, Phinéas et Ferb continueront de s'en tirer malgré leurs habituelles manigances.

Dans la cuisine, M. Fletcher commence à ouvrir le courrier et fait une découverte désagréable. Il fronce les sourcils.

– Regarde, dit-il. Ils ont installé une caméra de l'autre côté de la rue et voilà qu'ils m'envoient une contravention. Ce fichu dispositif enregistre tout ce qui se passe devant le pâté de maisons jour et nuit !

Candice, en train de monter les escaliers, interrompt son mouvement. Elle sait qu'elle ne devrait pas jouer les espionnes, mais ça semble trop important pour qu'elle rate ça.

– Il ne manque jamais de ruban pour enregistrer ? demande Mme Flynn.

– Oh, non ! ça fonctionne avec un système de CD comprimés machin chouette. Ce dispositif peut stocker les enregistrements en fichiers vidéo numériques pendant plusieurs mois, répondit-il.

– Tu n'oublies pas que nous conduisons à droite, n'est-ce pas ? rappelle Mme Flynn à son mari pour la centième fois.

Elle se demande si c'est peut-être pour cette raison qu'il a récolté cette contravention. M. Fletcher a l'habitude de conduire à gauche, comme le font tous les rési-dents du Royaume-Uni.

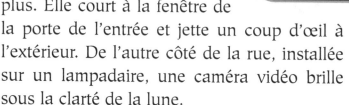

– Oui, oui, c'est ce que tu me répètes toujours, réplique-t-il.

Mais, Candice n'écoute plus. Elle court à la fenêtre de la porte de l'entrée et jette un coup d'œil à l'extérieur. De l'autre côté de la rue, installée sur un lampadaire, une caméra vidéo brille sous la clarté de la lune.

– Ça y est ! siffle-t-elle entre ses dents. Et dire que durant tout ce temps, il y avait eu une caméra vidéo juste en face de sa maison, un appareil qui enregistre jour et nuit tout ce qui se passe ! Enfin, Candice tient la preuve qu'il lui faut pour dénoncer toutes les stupides combines de Phinéas et Ferb !

Et, elle a très hâte que tout le monde puisse voir de quoi ils sont capables !

Plus tard, ce même soir, alors que tout le monde dort, Perry, l'ornithorynque de la famille, profondément endormi sur le lit de Ferb, est brusquement réveillé. L'alarme silencieuse de sa montre-bracelet vibre sans relâche. Il faut dire que Perry n'est pas un ornithorynque ordinaire.

Perry est en fait l'agent P, un agent secret responsable des opérations qui a consacré sa vie à lutter contre le crime. Son principal ennemi est le Dr Doofenshmirtz, un esprit machiavélique qui semble capable d'imaginer un nombre infini de complots diaboliques qu'il s'efforce ensuite de déployer dans le secteur des Trois-États.

Perry s'engouffre dans ce qui ressemble à un grand chapeau haut-de-forme sombre déposé sur sa table de chevet, mais qui est en fait un portail qui transporte l'agent P directement dans son repaire secret, où il surgit dans un second chapeau haut-de-forme.

Juste à cet instant, une image du major Monogram, l'officier supérieur de l'agent P, apparaît sur l'écran de télévision géant. Il applaudit pour féliciter l'agent P pour sa pirouette.

– Excellent tour, agent P, dit joyeusement le major Monogram, qui passe sans attendre aux choses sérieuses.

– Désolé de vous déranger aussi tard, mais nous allons vous confier la mission la plus importante de votre carrière. Notre ordinateur central indique qu'une caméra de surveillance située près de votre cachette chez des citoyens en ville a enregistré vos allées et venues en tant qu'agent secret.

Le visage du major Monogram disparaît momentanément de l'écran afin de montrer une image de la caméra en train d'enregistrer l'une des singulières activités secrètes de l'agent P, juste au moment où celui-ci se glisse dans un arbre creux lui permettant d'accéder au quartier général de l'agence.

– Il est vital pour la sécurité de l'agence que vous puissiez récupérer ces enregistrements et que vous nous les rapportiez au quartier général afin que nous puissions en disposer comme il se doit, poursuit le major Monogram.

L'ornithorynque hoche la tête et salue son supérieur. Il s'agit donc d'une mission extrêmement importante et, comme toujours, l'agent P s'en acquittera de son mieux !

Chapitre 2

L'agent P revient chez lui aussi vite qu'il le peut. Il doit récupérer la disquette contenant les enregistrements afin de les apporter au quartier général de l'agence avant que sa véritable identité puisse être découverte.

Mais l'ornithorynque n'est pas le seul à échafauder un plan pour s'approprier ces enregistrements. Sourire aux lèvres, Candice s'avance au milieu de la rue, une grande échelle entre les mains.

« La-la-la-la-la », chantonne-t-elle, s'efforçant de paraître détendue en grimpant à l'échelle pour atteindre la caméra. En douce, elle entreprend d'ouvrir le boîtier de la caméra, puis elle retire le CD qu'elle glisse dans sa poche. Enfin, elle tient la preuve dont elle a désespérément besoin pour que ses frères soient reconnus coupables de toutes leurs intrigues !

Caché dans les buissons sous les lampadaires de la rue, l'agent P fronce les sourcils en voyant Candice s'emparer du CD. Il ne peut laisser ce grain de sable venir contrecarrer ses plans. Il faut absolument qu'il trouve une solution !

Candice descend de l'échelle, elle court jusqu'à la porte arrière de la maison et rejoint son lit. Elle a très hâte de visionner le contenu du CD et d'en connaître tous les secrets ! Elle le glisse dans son ordinateur portable et s'installe confortablement sur une chaise près de la fenêtre, espérant prendre Phinéas et Ferb sur le fait... ou, s'agirait-il plutôt de méfaits ?

Elle n'eut pas longtemps à attendre. Une image de l'ascenseur de Phinéas et de Ferb grimpant jusqu'à la Lune apparaît immédiatement sur l'écran.

– Le voilà ! souffle Candice. Le fameux ascenseur pour la Lune !

Mais la disquette contient bien d'autres choses. Une à une, de folles images défilent sur l'écran.

– Et voilà la journée où ils ont construit les montagnes russes ! Et voici la plage ! *Là*, la piste de patins à roulettes ! s'exclame Candice.

Les images sont encore meilleures qu'elle ne l'avait imaginé !

Candice enfouit son visage dans un joli oreiller à motif de cœurs, espérant ainsi étouffer ses cris de joie. Dehors, l'agent P jette un coup d'œil par la fenêtre juste au moment où on peut le voir en train de piloter un engin volant. Il plisse les yeux. Tout se passe comme l'avait soupçonné le major Monogram : le CD contient bon nombre de preuves pouvant révéler l'identité secrète de l'agent P !

L'ornithorynque sait qu'il n'a qu'à attendre que Candice ait le dos tourné, extraire le CD de l'ordinateur portable  et retourner en vitesse au quartier général de l'agence. Tout cela constituerait une tâche facile si Candice n'était pas si excitée. Au lieu de s'éloigner calmement du portable, elle n'arrête pas de se bercer joyeusement sur sa chaise. Et l'agent P doit constamment reprendre la forme de ce vieux Perry, simplement pour ne pas que son identité soit découverte.

–Serait-ce possible? Ce CD pourrait-il me fournir la preuve de *toutes* leurs machinations de l'été dernier? se demande Candice à haute voix.

Juste à cet instant, la porte de la chambre de Candice s'ouvre brusquement. Phinéas et Ferb font irruption dans la chambre, sans frapper, comme toujours.

–Candice, ça va? demande Phinéas.

Ses cris de joie les ont réveillés! Puis, Phinéas jette un coup d'œil à l'écran du portable.

– Qu'est-ce que tu regardes ?

Les yeux de Candice brillent devant l'écran de l'ordinateur.

– Oh, ce n'est qu'une minisérie de l'été dernier... Ça s'appelle *Évidence* ! dit-elle en montrant le portable à ses frères.

– Oh, super, notre ascenseur pour la Lune ! s'exclame Phinéas, maman adorerait voir ça ! Je me demande si elle est déjà couchée. Allons lui montrer !

– Oui, répondit joyeusement Candice, d'accord avec Phinéas pour la toute première fois de sa vie, probablement. Montrons tout cela à maman !

Pendant que Phinéas et Ferb courent jusqu'à la chambre de leurs parents, Candice commence à faire les cent pas.

– Oh, Perry, Perry, Perry, dit-elle. Je vais toujours me souvenir de cette soirée ! Imagine, dans cet ordinateur se trouvent les délicieuses images prouvant toutes les manigances de mes frères !

Tandis que Candice fait les cent pas, l'agent P échafaude des plans.

Il pourrait certainement s'emparer du CD avant que Candice se retourne, mais elle se déplace bien trop rapidement, même pour l'extraordinaire agent P.

Et, comme Candice éclate d'un rire incontrôlé, sa mère fait irruption dans la chambre, vêtue d'une chemise de nuit à fanfreluches et les cheveux emprisonnés dans de jolis bigoudis roses.

Elle n'a pas l'air très contente qu'on l'ait réveillée. Phinéas et Ferb marchent à quelques pas derrière elle.

–Bon, Candice, dit Mme Flynn en bâillant. Que se passe-t-il, dis-moi ?

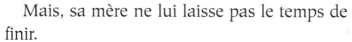

Candice exulte. Enfin, le grand jour est arrivé ! Elle prend une profonde respiration.

–Maman, j'ai *enfin* des éléments qui prouvent que…

Mais, sa mère ne lui laisse pas le temps de finir.

–Oh ! Pas encore ça, l'interrompt-elle. Tu me montreras tout ça demain matin.

–Que penses-tu de sept heures demain matin ? lui demande Phinéas.

–Et vous deux, hors d'ici, ajoute leur mère en se dirigeant vers son lit.

–Disons que c'est entendu pour sept heures trente, proclame Phinéas.

–Neuf heures ! crie Mme Flynn de sa chambre.

–Entendu pour neuf heures, conclut Phinéas.

Phinéas aurait aimé ne pas avoir à attendre aussi longtemps pour montrer à sa mère toutes les incroyables aventures que Ferb et lui ont vécues durant l'été. Mais il se dit que mieux vaut tard que jamais !

Chapitre 3

De l'autre côté de la ville, à Doofenshmirtz maléfique anonyme, l'agent P frappe à la porte. La situation en ce qui concerne le CD commence à lui échapper, il est donc temps d'envisager des mesures extrêmes.

C'est un docteur Doofenshmirtz passablement endormi qui vient ouvrir la porte.

– Qu'y a-ts-il ? articule-t-il difficilement en se frottant les yeux.

– Ah, Perry l'ornithorynque! Juste une seconde.

Le Dr Doofenshmirtz porte la main à sa bouche et en retire le protecteur en plastique.

– Pardon. C'est la pression reliée à une vie infernale. J'avais besoin d'un protecteur afin de m'empêcher de grincer des dents, indique-t-il en réponse au regard interrogatif de l'agent P.

Puis, le Dr Doofenshmirtz fronce les sourcils.

– Attends une minute. Que fais-tu ici? N'es-tu pas censé faire échouer mes plans avant demain?

Mais l'agent P n'a pas de temps à perdre. Il dépasse le Dr Doofenshmirtz et pénètre dans le bâtiment.

–Oh, mais entre, dit le Dr Doofenshmirtz avec un soupir.

Il emboîte le pas de l'agent P jusqu'à l'entrée de sa chambre. l'agent P ouvre brusquement la porte d'un grand placard. À l'intérieur se trouve un robot géant ayant une forme humaine !

Les dents du robot brillent d'un reflet vert tandis qu'il offre son plus beau sourire.

–Je suis Norm ! annonce-t-il sur un ton amical.

–Voilà ? demande le Dr Doofenshmirtz. Tu désires simplement m'emprunter Norm, mon robot géant ? Parfait. Tu sais où est la porte, n'est-ce pas ? Moi, je vais me recoucher.

Pendant que le Dr Doofenshmirtz retrouve le chemin de son lit, l'agent P grimpe jusqu'au poste de contrôle situé dans la tête du robot.

–Juste pour ton information, il est possible qu'il manque un peu d'huile, ajoute le Dr Doofenshmirtz de sa chambre.

–Oh, et Perry l'ornithorynque..., dit le Dr Doofenshmirtz qui fait ensuite une pause

en replaçant son protecteur pour les dents. Je ne feux pas la moindre égratsignure sur cette machine !

L'agent P lève le pouce à l'intention du Dr Doofenshmirtz. Il a la ferme intention de rapporter Norm aussi rapidement que possible, dès que sa mission sera remplie !

À la maison de nos amis, Candice garde les yeux rivés sur son ordinateur et, surtout, sur le précieux CD qui se trouve à l'intérieur. Elle sait qu'elle sera obligée de rester éveillée toute la nuit pour le protéger. La nuit allait être longue, mais ça en vallait la peine.

– Hé, Candice ! Ferb voudrait commencer la présentation multimédia à maman, dit Phinéas. Est-ce qu'on peut t'emprunter le CD ?

Il tend la main pour s'en emparer, mais Candice le repousse.

– Pas question, Phinéas ! lance-t-elle, tenant le CD brillant haut au-dessus de sa tête. Il n'est pas question que je quitte ce CD des yeux. C'est le plus beau jour de ma vie ! Et tu ne peux pas m'enlever ça !

Juste à cet instant, un énorme visage surgit à la fenêtre. C'est celui de Norm, le robot géant !

– Bonjour, les enfants ! tonne-t-il de sa voix robotisée, tout en s'agrippant à la toiture au-dessus de la chambre et en la soulevant !

Il tend la masse énorme de sa grosse main métallique et saisit le CD que Candice tient toujours dans ses mains.

– Je vais m'occuper de cela, ajoute doucement Norm.

Il met ensuite la disquette dans son portefeuille qu'il range dans sa poche. Il replace ensuite le toit avec soin et se dirige vers l'extrémité de la rue, laissant Candice, Phinéas et Ferb complètement abasourdis.

– Que... Qu'est-ce... *ça*? bégaye Candice, sous le choc.

– Je n'en sais rien, mais c'était plutôt super! réplique Phinéas, amusé.

Candice jette un curieux regard à son frère.

– Alors... Vous n'avez rien à voir là-dedans?

– Non, mais j'en veux absolument un comme ça! s'exclame Phinéas.

– Cette... chose est partie avec ma disquette! s'écrie Candice. Mes preuves!

– Ne t'en fait pas, Candice, ajoute gentiment Phinéas. Nous allons t'aider à le retrouver.

– Vous m'aideriez à vous faire accuser? demande-t-elle.

–Bien sûr, si ça peut te rendre heureuse, répond Phinéas. De plus, se mesurer à un robot géant, c'est super n'est-ce pas ?

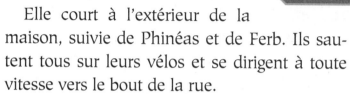

–Excellent, dit Candice, sourire aux lèvres.

Elle court à l'extérieur de la maison, suivie de Phinéas et de Ferb. Ils sautent tous sur leurs vélos et se dirigent à toute vitesse vers le bout de la rue.

Ce n'est pas bien difficile de trouver Norm. Le robot géant martèle de ses pas le revêtement de la rue, écrasant les bornes-fontaines et les clôtures au passage.

–Quelle merveilleuse soirée ! proclame Norm.

–Le voilà ! s'écrie Candice.

La tête de Norm pivote brusquement.

À l'intérieur, l'agent P suit l'approche rapide de Phinéas, de Ferb et de Candice sur son moniteur. L'ornithorynque appuie sur quelques boutons. À titre d'agent P, il a la responsabilité de veiller à ce que les enfants ne s'emparent pas du disque !

– Oh, oh ! Il serait préférable de prendre nos distances ! déclare Norm d'un ton joyeux.

– Mise en fonction du mode hypertransport !

Soudain, des roues et des fusées surgissent sur les côtés des chaussures du robot. En un éclair, Norm est propulsé au bout de la rue, laissant derrière lui une traînée de fumée.

Stupéfaits, Phinéas, Ferb et Candice se regardent. Ont-ils bien vu ?

– Il va nous falloir un vélo plus rapide ! fait alors remarquer Phinéas.

Pendant ce temps, le major Monogram attend impatiemment dans une salle de conférence dotée d'une technologie de pointe.

Il jette un coup d'œil à tous les agents secrets réunis autour de la table, mais une chaise demeure vide. Il est, bien sûr, impossible de ne pas remarquer l'absence de son meilleur agent.

– Aucune nouvelle de l'agent P ? demande le major Monogram à Carl Karl, l'interne qui se tient à ses côtés, prêt à répondre aux besoins de son chef.

– Non, monsieur, répond Carl.

Le major Monogram hoche la tête.

– J'imagine que nous n'avons pas le choix, il faut attendre, dit-il.

– Et espérer, monsieur, ajoute Carl.

– Et espérer, répète le major Monogram pour indiquer son accord. Il soupire et ses yeux font le tour des agents secrets qui composent son équipe. Il décide que tous les membres de l'assemblé bénéficieraient d'un changement d'atmosphère.

– Alors, est-ce que quelqu'un connaît quelques bonnes chansons ? demande-t-il à la ronde.

– Vous, peut-être, agent D ?

L'agent D, un chien portant un grand chapeau mou, jappe joyeusement aussitôt en réponse à la demande du major. Celui-ci se tourne donc vers un autre agent.

– Agent C ? demande-t-il avec espoir.

L'agent C, un poulet bien gras, glousse et commence à picorer sur la table. Le major Monogram secoue la tête. C'est sans espoir !

– Carl, rappelez-moi, s'il vous plaît, la raison pour laquelle tous les agents sont des animaux.

Carl hausse simplement les épaules en  réponse à la question de son supérieur. Ce n'est quand même pas lui qui fait le règlement !

Chapitre 4

Pendant que le major Monogram s'efforce de faire chanter les agents secrets réunis, l'agent P pilote Norm à travers l'obscurité des rues de la ville endormie avec beaucoup d'adresse. Il jette un coup d'œil au tableau de bord, rempli de lumières clignotantes et d'écrans lumineux faisant tous appel à une technologie avancée.

Pendant que l'agent P vérifie le chemin à suivre en consultant une carte interactive, une voix féminine se fait entendre.

– Durée estimée avant arrivée à destination : trois point zéro cinq minutes, annonce-t-elle.

– Nous serons arrivés en un rien de temps ! tonne joyeusement la voix robotisée de Norm.

L'agent P commence à relaxer. Aucun signe de Phinéas, de Ferb ou de Candice, les accélérateurs les ont laissés loin derrière. Dans quelques minutes seulement, il pourra remettre le CD en mains propres au major Monogram. Et il n'y aura plus aucun risque d'être découvert !

Soudain, une puissante alarme déchire le silence qui règne dans le poste de commande.

– Avertissement, bas niveau d'huile ! annonce la voix féminine.

Un graphique lumineux s'affiche sur l'écran. Les niveaux d'eau et d'essence de Norm sont corrects, mais le robot géant manque cruellement d'huile et, sans huile, il va complètement s'immobiliser d'ici quelques minutes !

L'agent P a l'air inquiet. La dernière chose qu'il souhaite, c'est d'être forcé de s'arrêter sans raison. Mais, s'il ne le fait pas, toute sa

mission risque d'être compromise. Alors, à regret, il conduit Norm à une station d'essence ouverte toute la nuit.

– Je pourrais utiliser un breuvage contenant de l'huile ! indique alors la voix de Norm.

L'agent P stationne le robot en face des pompes à essence. Il appuie sur les commandes pour soulever la tête de Norm afin de s'extraire du poste de pilotage et de procéder au ravitaillement du robot. Il n'y a pas une minute à perdre !

L'agent P se dépêche de courir jusqu'au préposé afin d'acheter tous les contenants d'huile en stock. Il n'est pas certain de la quantité d'huile qu'il lui faut pour être en mesure de

s'échapper à l'aide des fusées, mais l'agent P ne veut courir aucun risque !

Pendant ce temps, au quartier général de l'agence, le major Monogram n'a toujours pas abandonné l'idée que ses agents secrets puissent entonner une chanson en chœur. Il prend sa guitare et décide d'entamer la mélodie d'une nouvelle chanson qu'il a lui-même écrite.

Grattant quelques accords avec entrain, le major Monogram chante :

– Et le chaton chante…

C'est le signal de l'agent K.

– *Miaou !*

– Et le hibou chante… poursuit le major Monogram.

– *Hou ! Hou !* hullule l'agent O.

– Et le chien-chien chante… ajoute le major Monogram.

– *Wouf! Wouf!* aboie l'agent D.

– Et c'est ainsi que vont, vont, vont les petits animaux! chante le major Monogram. Et c'est ainsi que vont les animaux! D'accord, tous ensemble, une dernière fois, avec un peu d'émotion, s'il vous plaît!

Mais, tout en chantant vaillamment, le major Monogram est inquiet. Pourquoi l'agent P met-il tant de temps pour rapporter le CD? Il espère vraiment que son meilleur agent ne s'est pas fait prendre!

Dans la partie haute de la ville, l'agent P est occupé à verser contenant d'huile après contenant d'huile dans le réservoir de Norm. Soudain, l'ornithorynque entend un bruit étrange. Il saisit ses jumelles pour mieux voir.

Dans la rue en dessous de lui, un vélo approche du robot géant. Mais ce n'est pas un simple vélo. C'est un vélo auquel on a fixé une énorme fusée. De plus, il transporte Phinéas, Ferb et Candice !

– Heureusement que nous avions une fusée en surplus, hein ? crie Phinéas. Ferb et lui apprécient chaque minute de cette folle aventure !

Candice, par contre, est terrifiée. Elle est même incapable de parler. l'agent P sait qu'il n'a pas une minute à perdre. Il jette les contenants d'huile vides et reprend place dans le poste de commande situé dans la tête de Norm. Avec un grondement assourdissant, l'agent P lance les fusées de Norm et le robot est aussitôt catapulté au bout de la rue.

– Waouh ! crie Norm. C'est reparti !

Mais il y a un problème, un *gros* problème.

De l'huile glissante et noire a coulé du réservoir de Norm, recouvrant le robot et la rue au-dessous. Et la tête de Norm commence alors à pivoter et à décrire un cercle complet !

– Oh, oh ! Quelqu'un a oublié de remettre le bouchon d'huile ! avertit Norm, toujours joyeux.

L'énorme robot commence aussitôt à faire défaut. Les roues fixées à ses chaussures se détachent et les accélérateurs de fusées suivent son exemple peu après.

– J'imagine que je suis en train de marcher ! affirme Norm en commençant à marcher pesamment sur la chaussée qui vibre à chacun de ses pas.

Sans les fusées et les roues, il est impossible pour Norm de distancer Phinéas, Ferb et Candice sur leur vélo équipé d'une fusée. Et, pire encore, le pont-levis va bientôt se lever !

Mais l'agent P sait qu'il n'a pas le choix. Pour qu'il mette le CD en sécurité dans son

quartier général, il faut absolument que Norm franchisse le pont-levis.

Le major Monogram et tout le groupe des agents secrets comptent sur lui !

Conscient des risques qu'il prend, l'agent P encourage Norm à traverser le pont-levis même s'il commence déjà à se lever. Avec un peu de chance, Norm pourra le franchir à temps, laissant Phinéas, Ferb et Candice coincés de ce côté-ci !

Mais la chance n'est pas du côté de l'agent P ce soir. Le pont s'élève de plus en plus, ménageant une ouverture de plus en plus large, si bien que Norm se retrouve à cheval

sur le pont-levis, ses pieds reposant sur chacune des sections du pont-levis qui continuent de s'éloigner !

À cet instant précis, Phinéas, Ferb et Candice arrivent sur les lieux.

Candice est absolument hystérique et crie de toutes

ses forces. Au moment où le vélo-fusée s'immobilise brusquement, Ferb est projeté dans les airs. Il atterrit à quelques pieds seulement du robot et se lance aussitôt à l'attaque.

–Allez, fonce, Ferb ! l'encourage Phinéas.

Ferb fait un vol plané et atterrit sur le dos de Norm. Il met ses bras autour du robot et il se sent prêt à récupérer la disquette !

Mais Norm est encore couvert d'huile visqueuse. Avant que Ferb ait le temps de s'emparer du CD, il commence à glisser à la surface du robot. Et chaque pouce le rapproche davantage de l'eau de la rivière en bas !

À l'intérieur du robot, l'agent P appuie frénétiquement sur diverses commandes pour faire pivoter Norm. Il espère que chaque mouvement qu'il commande au robot provoquera la chute de Ferb et lui permettra de se retrouver en sécurité de l'autre côté du pont-levis plutôt que dans l'eau de la rivière.

Et c'est exactement ce qui se produit ! Couvert d'huile visqueuse, Ferb glisse et atterrit dans la rue en bas.

Mais pendant que l'agent P s'inquiète des conséquences éventuelles pour Ferb, les choses vont de mal en pis pour Norm. L'ouverture du pont-levis s'élargissant de plus en plus, Norm est forcé de s'étirer toujours plus. Brusquement, il perd l'équilibre et se retrouve suspendu au pont.

– Bon sang, ça va mal, déclare Norm, toujours suspendu à une section du pont-levis, alors que l'huile répandue rend sa posture encore plus délicate.

Phinéas voit qu'il a une chance de récupérer le CD. Il court sur le pont, passe sous les jambes de Norm et s'en empare dans la poche du robot !

–Ouais ! crie Candice.

Mais l'huile glissante répandue sur le métal poli empêche Norm de retrouver son équilibre sur le pont et accentue sa chute.

« J'aurais peut-être mieux fait de porter des chaussures à crampons », pense-t-il.

L'agent P sait qu'il est dans le pétrin, *vraiment* dans le pétrin. Non seulement a-t-il perdu le CD de nouveau mais, en quelques secondes seulement, Norm va basculer dans les eaux de la rivière ! Sans compter que Norm n'est pas le seul à courir au désastre. Phinéas se tient toujours debout sur le robot renversé et, maintenant, il est lui aussi couvert d'huile !

Au moment où Norm est sur le point de tomber du pont, Phinéas décide de risquer le tout pour le tout : il fait un grand bond et saisit le bord du pont une fraction de seconde avant que Norm plonge dans la rivière !

Le disque s'échappe des mains de Phinéas et oscille à l'extrémité du pont. De toutes ses forces, Phinéas essaie de s'en emparer, mais ses mains sont couvertes d'huile et il n'arrive pas à le saisir. Et il va tomber du pont, tout comme Norm, d'ailleurs !

– Candice, à l'aide ! crie Phinéas. L'huile, je glisse !

Candice court jusqu'à l'extrémité du pont,
– J'arrive ! lance-t-elle. Tiens-toi bien, Phinéas !

Mais lorsqu'elle arrive au bord du pont, Candice réalise qu'elle doit faire un choix.

Phinéas et le disque vont tomber incessamment dans la rivière et elle ne peut sauver qu'un des deux ! Comment prendre une décision aussi difficile ?

– Candice ! crie Phinéas, dont les doigts commencent à glisser.

Candice sait ce qu'elle doit faire. Elle fait un pas en avant et empoigne les mains de Phinéas, juste au moment où il va tomber dans les eaux de la rivière !

Mais, en sauvant Phinéas, elle a perdu le CD. Celui-ci oscille une dernière fois à l'extrémité du pont avant de basculer définitivement.

– Mais, Candice ! souffle Phinéas. Le disque ! Tu n'as pas pu le sauver !

– Comment ? Et te laisser tomber ? demande Candice. Tu es parfois embêtant, mais tu es quand même mon frère.

Candice tend les bras et étreint Phinéas. Puis, elle lui sourit.

– D'ailleurs, j'ai encore une grosse fusée à produire comme preuve !

Elle fait volte-face et pointe en direction du vélo-fusée construit par Phinéas et Ferb.

Mais, sur le pont, il n'y avait plus que le vélo. La fusée avait disparu !

– Où est donc passée la fusée ? demande Candice, toute confuse.

Soudain, Phinéas et Candice entendent un bruit assourdissant. Ils regardent au-dessus de leur tête et voient une fusée en train de décrire des cercles dans les airs avant d'exploser en millions d'éclats étincelants, brillants et roses ! La fusée n'existe plus, ainsi que la preuve sur laquelle compte Candice.

– Hum, dit Phinéas songeur. Heureusement que nous n'étions plus sur son dos, hein ?

Juste à ce moment, Ferb, portant un sac à dos muni d'une hélice d'hélicoptère, s'élève au-dessus des eaux de la rivière. Stupéfaits, Phinéas et Candice le regardent. Le plus étonnant, c'est que Ferb a réussi à s'emparer du CD!

– Ouais, Ferb! Super! s'écrient Phinéas et Candice.

Mais Ferb ne semble pas manœuvrer le sac à dos-hélicoptère pour le faire atterrir à côté de ses compagnons. Il continue plutôt à les survoler!

– Ferb? *Ferb?* Où vas-tu comme ça? demande Candice.

– Ferb ? crie Phinéas.

Mais Ferb, sans se retourner, continue à s'éloigner.

Et, pendant que se referme le pont-levis, quelque chose de plus étrange encore se produit : Ferb descend à la hauteur de Candice et de Phinéas, couvert d'une huile luisante et noire.

– Est-ce que j'ai manqué quelque chose ? demande alors Ferb.

– Euh ? murmure Candice, qui nage en pleine de confusion.

Ferb n'était-il pas en train de voler au-dessus d'eux une minute plus tôt ?

– Hé bien, ça, c'était encore plus étrange que le robot géant, fait remarquer Phinéas. Il jette un coup d'œil en direction de Candice. S'il s'agissait bien du vrai Ferb, alors qui pouvait bien piloter le sac à dos-hélicoptère ?

Chapitre 5

Dès que Candice, Phinéas et Ferb sont hors de vue, l'agent P abaisse la fermeture à glissière de son déguisement de Ferb et le met de côté. Il est beaucoup plus facile de piloter le sac à dos-hélicoptère sans ce costume !

L'agent P vole ensuite aussi rapidement que

possible jusqu'au quartier général de l'agence.

À son arrivée, tous les agents secrets, Carl et le major Monogram sont encore réunis dans la salle de conférence.

–Agent P! s'exclama le major Monogram, d'un ton laissant transparaître son soulagement. Dois-je comprendre que votre mission est un succès?

L'ornithorynque hoche la tête. Il s'avance fièrement jusqu'à la table et montre le CD à son officier supérieur.

–Excellent travail, dit le major Monogram. Maintenant, remettez-le-nous pour que nous puissions en disposer d'une manière exceptionnelle.

Le major Monogram enfile des gants protecteurs en caoutchouc et l'agent P fait glisser le CD sur la table. Le major Monogram le ramasse aussi délicatement que possible. Puis Carl s'approche. Il tient de puissantes pinces dans ses mains.

– Attention ! l'avertit le major Monogram tandis que Carl utilise les pinces pour saisir délicatement le disque. Puis Carl s'avance jusqu'à une poubelle ordinaire et laisse tomber le disque à l'intérieur.

– Et voilà ! s'exclame-t-il.

S'il n'avait pas été le professionnel qu'il était, l'agent P aurait levé les yeux au ciel. Tout ce travail, toutes ces précautions extraordinaires, simplement pour jeter le disque dans une poubelle tout ce qu'il y a de plus ordinaire !

Mais l'agent P sait pertinemment qu'il ne serait pas avisé de remettre en question les instructions du major Monogram. Après tout, elles ont toujours permis de tenir les maléfices en respect.

– Agent P, vous avez sauvé notre organisme, dit un major Monogram reconnaissant. Si nous pouvons faire quelque chose pour vous en retour, n'hésitez pas à le demander.

L'agent P fronce les sourcils.

– Il y a *justement* une petite chose…

Le lendemain, M. Fletcher a une autre surprise dans la poste.

– Oh, je n'arrive pas à y croire ! s'exclame-t-il.

Phinéas, Ferb et Candice interrompent leur activité et regardent en direction de leur père.

– Il semble que la contra-vention enregistrée par la caméra vidéo ait été annu-lée ! ajoute joyeusement leur père, montrant le pla-fond du doigt. J'imagine  qu'il y a réellement quelqu'un là-haut qui veille sur moi, en fin de compte !

M. Fletcher avait tout à fait raison, parce que, du haut de l'escalier, Perry l'ornitho-rynque était assis, jetant un regard bien-veillant à la famille au-dessous de lui !

Pendant ce temps, au quartier général de l'agence, le major Monogram et les autres agents secrets décident de tout oublier et d'en profiter pour relaxer un peu. Maintenant que leur identité en tant qu'agents secrets ne risque plus d'être révélée au grand jour, tous les membres de l'équipe sont prêts à s'amuser un peu ! Et quelle meilleure manière de s'amuser que d'entonner quelques chansons en chœur !

Ainsi, de nouveau, le major Monogram s'em-pare de sa guitare. Il s'assied sur le plancher et

commence à gratter ses accords préférés, tandis que l'agent C, l'agent D et l'agent W, le ver, forment un cercle autour de lui.

– Oh, fait la poule, chante le major Monogram.

– *Cloc !* réplique l'agent C.

– Et le chien fait… continue le major Monogram.

– *Wouf !* aboie l'agent D.

– Et le ver fait… chantonne le major Monogram.

Le silence se fait tandis que l'agent W s'offre son tout premier solo.

– Magnifique, agent W ! le félicite le major Monogram.

L'agent C pense, lui aussi, que l'agent W s'en est très bien tiré… et aussi qu'il ferait un excellent repas !

La poule n'en peut plus et commence à picorer le sol autour de l'agent W.

– Agent C ! s'écrie le major Monogram. Je vous interdis de faire ça !

Puis, il s'empare de sa guitare et commence à jouer des accords afin de reprendre sa chanson.

– Et le nouveau fait… fredonnait-t-il.

– Je m'appelle Norm ! proclame soudain un robot métallique géant.

Sans qu'on sache trop comment, le robot a réussi à s'extraire des eaux de la rivière et a découvert l'emplacement du quartier général des agents secrets !

Le major Monogram fronce les sourcils et interrompt sa chanson.

– Tu sais, Carl, c'est bizarre que ce ne soit pas un animal, dit-il. Nous devrions le congédier.

Carl sort son bloc-notes de sa poche arrière et prend une note. Je m'en occupe, monsieur !

Le major Monogram prend une grande respiration, il est soulagé.

Le disque est en sécurité; l'identité de l'agent P est toujours secrète et, à la fin de la journée, tous les agents seront des animaux. Tout est en ordre.

Il n'y a donc rien de surprenant à ce que le major Monogram ait envie de chanter !

Deuxième partie

Chapitre 1

La merveilleuse journée d'été est soudain déchirée par un cri perçant.

– Bon sang, Stacy ! Oh, bon sang ! Jérémy m'a demandé si je pouvais aller le retrouver à la foire un peu plus tard aujourd'hui, près de la grande roue ! Candice Flynn glousse dans son téléphone cellulaire. Elle est en train de parler avec sa meilleure amie, Stacy Hirano.

Candice est rayonnante. Elle est follement amoureuse de Jérémy Johnson et, maintenant,

voilà qu'il veut passer du temps avec elle à la foire. Et, peut-être même, faire un tour avec elle dans la grande roue !

Soudain, le sourire de Candice s'efface.

– Oh, non, grogne-t-elle. J'avais presque oublié : j'ai peur des hauteurs ! Que vais-je faire ?

À ce moment, la voix de sa mère lui parvient.

– Candice ! Nous partons !

– Maman ! crie Candice à l'intention de sa mère. Je suis en pleine crise d'adolescence !

– N'oublie pas, nous allons jouer aux quilles, répond calmement Mme Flynn. Il faut que tu gardes un œil sur les garçons.

– De préférence, les *deux* ! ajoute à la blague M. Fletcher, le père de Candice.

Les garçons en question, les deux jeunes frères de Candice, Phinéas Flynn et Ferb Fletcher, se tiennent à côté de leurs parents et sourient joyeusement.

– Aux quilles ? Ça semble amusant ! s'exclame Phinéas. Hé, papa, est-ce que tu es d'accord pour que nous utilisions le vieux jeu de quilles ?

– Bien sûr, les garçons, répond leur père. Amusez-vous bien.

– Salut ! dit Mme Flynn.

Elle et son mari ramassent leurs sacs de quilles rayés et se dirigent vers la porte.

Candice se renverse sur son lit et elle presse son téléphone contre son oreille. Sa crise personnelle au sujet de la grande roue est *bien trop* importante pour qu'elle soit interrompue par ses frères !

En bas, Phinéas et Ferb sont très excités. Ils empoignent leur équipement de jeu de quilles et l'emportent à l'extérieur.

– Tu sais, Ferb, avec quelques modifications, nous pourrions vraiment faire quelque chose avec ce vieil ensemble de jeu de quilles, dit Phinéas en l'examinant.

– Bonjour, Phinéas ! fait soudain une voix.

C'est Baljeet Patel, un ami de Phinéas et de Ferb.

– Qu'est-ce que vous faites ? demande-t-il.

– Nous allons aménager le plus gros et le meilleur jeu de quilles ! déclare Phinéas.

Ferb hoche la tête avec enthousiasme.

Baljeet sourit et montre l'épais livre qu'il tient dans sa main.

– Bien, selon *Le livre des records les plus futiles du monde…*

Soudain, Baljeet est interrompu par un bruit assourdissant. Le dur à cuire du quartier, Buford Van Stomm, vient d'arriver et il joue de la trompette.

Baljeet fait une pause jusqu'à ce que la musique cesse et poursuit.

–La plus grosse boule de quille mesure un mètre trente de diamètre, les informe-t-il.

Phinéas écarquille les yeux. *Un mètre trente ?* répète-t-il. Ferb, on peut battre ce record... comme dans un rêve !

–Tu sais, les responsables du *Livre des records les plus futiles du monde*..., dit Baljeet. Mais, une fois de plus, il est interrompu par la trompette de Buford.

Dès que la musique cesse, Baljeet en profite pour poursuivre.

–... seront à la foire aujourd'hui, à quinze heures, et ils remettront des prix, achève enfin Baljeet.

–Ferb, prends les outils, dit rapidement Phinéas.

–Nous avons un record à battre !

Baljeet lève son livre haut au-dessus de sa tête.

–Et vous serez donc dans le prochain numéro du...

Mais, de nouveau, il est interrompu par Buford.

Fronçant les sourcils, Baljeet fait volte-face.

– Est-ce vraiment nécessaire ? demande Baljeet.

– Pourquoi ? Ça te dérange ? répond Buford.

– Oui, en effet, un peu, admet Baljeet.

– Alors, ouais, c'est nécessaire, affirme Buford avec un petit sourire narquois.

– D'accord, soupire Baljeet. C'est comme tu veux.

Baljeet jette un œil dans la cour.

– Hé, dit-il. Où est Perry ?

Phinéas et Ferb haussent les épaules. Ça n'a rien d'inhabituel pour Perry, leur ornithorynque apprivoisé, de disparaître ainsi pendant des heures. Ils se disent alors qu'il est en train de dormir dans un coin tranquille et sombre, sous un lit, par exemple.

Mais, bien sûr, ils se trompent lourdement ! En fait, Perry l'ornithorynque est un agent secret et son nom de code est l'agent P. L'agent P a pour mission de traquer le maléfique Dr Doofenshmirtz et de contrecarrer ses affreuses intrigues.

Au quartier général de l'agence de Perry, le major Monogram et son précieux assistant, Carl Karl recueillent des données sur les dernières machinations diaboliques du Dr Doofenshmirtz. Et, quand le major Monogram dispose d'éléments suffisants concernant l'un de ses complots, il convoque l'agent P afin d'y mettre immédiatement un terme.

L'agent P allait justement se glisser au creux d'un arbre afin de rejoindre son quartier général. Tandis qu'il longeait une suite de tuyaux souterrains, il est soudain éjecté et atterrit lourdement sur un sol détrempé et froid !

– Oh, désolé pour ça, agent P ! s'exclame Carl en laissant tomber sa clé.

Il vient de retirer une section de la tuyauterie souterraine qui fuit pour la réparer, et c'est ce qui a un peu perturbé l'arrivée de l'agent P au quartier général !

D'un mouvement rapide, Carl prend l'agent P dans ses bras et le remet dans le conduit. *Psish !* L'ornithorynque reprend sa glissade à travers les tuyaux.

Quand l'agent P arrive enfin, le major Monogram l'attend. L'ornithorynque se hisse dans un fauteuil face à un immense écran vidéo plat où s'affiche l'image de l'officier supérieur.

– Bonjour, agent P, dit le major Monogram. Nous avons retrouvé la trace du Dr Doofenshmirtz dans un vieil entrepôt abandonné et nous savons qu'il a récemment fait de curieux achats : dix mille sachets de chocolat chaud en poudre, une voiturette de vendeur de hot-dogs, un parka de taille moyenne et des sous-vêtements rouges en flanelle.

L'agent P hausse les sourcils. Cette liste d'articles lui semble *extrêmement* suspecte, en particulier quand il s'agit du Dr Doofenshmirtz.

– Ne nous demandez pas comment nous sommes au courant, poursuit le major Monogram. À vous de jouer et... bottez-lui le train !

L'agent P n'a pas besoin d'en entendre plus. Il tire un coup de son fusil lance-grappin et s'agrippe fermement. Le grappin métallique et le câble d'acier vont lui permettre de s'extraire du quartier général en quelques secondes seulement.

Et c'est probablement plus sécuritaire que de s'engouffrer de nouveau dans les canalisations souterraines, au moins jusqu'à ce que Carl ait fini ses réparations !

Chapitre 2

Pendant ce temps, à la maison, Phinéas et Ferb ont entrepris la construction d'une structure en métal de forme sphérique afin de réaliser leur énorme boule de quilles. Ils l'ont recouverte de panneaux métalliques moulés. Et c'est à partir de ce moment qu'ils commencent à vraiment s'amuser. Ils en sont à l'assemblage d'un panneau de commande faisant appel aux technologies de pointe dont ils

comptent équiper l'in-
térieur de la boule.
Pour terminer, ils ins-
tallent un fauteuil
pour le pilote compor-
tant les dispositifs de

sécurité les plus perfectionnés ainsi qu'un
écran plat pour que le pilote puisse voir ce qui
se passe à l'extérieur.

Après tout, pourquoi construire la plus grosse
boule de quille du monde s'il est impossible
de se promener avec elle ?

Baljeet est ébahi par la boule géante qui se
dresse dans la cour de Phinéas et de Ferb. Il est
tellement impressionné qu'il a à peine remar-
qué que Phinéas et Ferb sont maintenant
appuyés dessus, profondément endormis.

– Ouaouh ! Ça, c'est une
énorme boule de quilles !
s'écrie Baljeet.

La voix de Baljeet
réveille les deux demi-
frères.

—Hé, regarde, Ferb, dit Phinéas, je te l'avais bien dit qu'on pourrait la faire... comme dans un rêve !

Dans sa chambre en haut, Candice est de nouveau au téléphone avec Stacy.

—Alors, selon toi, qu'est-ce que je devrais porter ce soir à la fête ? demande Candice. Je pensais mettre ma blouse rouge préférée avec une jupe et des bas agencés.

Soudain, Candice est interrompue par un bruit strident qui résonne dans toute la maison. Elle plisse les yeux. Il ne peut y avoir qu'une explication à un tel bruit.

Phinéas et Ferb manigancent encore quelque chose !

—Stacy, je vais devoir te rappeler, dit Candice à son amie, puis, elle s'élance dans l'escalier.

Dehors, l'énorme boule de quille est en train de rouler en ligne droite vers un jeu de quilles géantes !

Crac !

Lorsque la boule les frappe, toutes les quilles se renversent ! Un groupe d'enfants qui se sont rassemblés dans la cour applaudissent et poussent des hourras.

– Incroyable ! s'exclame Phinéas en surgissant de la boule de quilles, un immense sourire aux lèvres.

– Ouaouh ! Phinéas ! s'écrie son amie Isabella Garcia-Shapiro.

– Un autre abat !

– C'est le quatrième en ligne, annonce fièrement Phinéas.

– Voilà pour toi, Buford !

– Ha, ha ! s'écrie Baljeet. Elle est bonne celle-là ! Ha, ha, ha !

Mais lorsque Buford se tient au-dessus de Baljeet, avec un air mauvais, celui-ci cesse de rire.

– Euh... Je veux dire, tu l'auras la prochaine fois, c'est certain, dit Baljeet, soudain nerveux.

– Ferb, c'est toi qui a réussi l'abat ? demande Phinéas à Ferb.

Ferb, qui a revêtu une visière pour le soleil et une chemise de jeu de quilles, hoche la tête. Il sait très bien que la responsabilité de marquer les points ne doit pas être prise à la

légère. Il appuie sur un bouton et une machine replace les quilles sur le jeu.

– À qui le tour ? demande Phinéas à ses amis en jetant un coup d'œil aux enfants réunis dans la cour.

Mais avant que quiconque puisse se porter volontaire, Candice s'avance vers eux.

– Phinéas, mais qu'est-ce qui se passe ici ? crie-t-elle.

– Candice, tu arrives au bon moment, réplique Phinéas. C'est justement à ton tour !

Candice lance un regard furieux à Phinéas et s'empare de son téléphone cellulaire.

– *Attends* que maman soit au courant de tout cela..., commence-t-elle.

Puis, elle fait une pause. Elle vient d'avoir une idée.

– Mais, bien sûr, vous les gars, vous réussissez *toujours* à tout faire disparaître avant que maman revienne à la maison. Mais, si je peux lui apporter la preuve de vos combines directement au Quille-O-Rama, elle sera bien forcée de me croire !

Candice voit très bien comment les choses vont se passer. Dès son appel, sa mère va se précipiter à la maison, en disant : «Oh, *Candice*! Tu as toujours eu raison au sujet de Phinéas et de Ferb! Nous aurions dû te croire!»

Son père va aussi s'en mêler : elle le voit déjà en train d'agiter sa carte de crédit.

– Et pour te montrer combien nous sommes désolés, voici ma carte de crédit. Tu as la permission de nous ruiner complètement!

Juste au moment où Candice nage en plein rêve, Jérémy fait son apparition! Il tient une jolie boîte à bijou en velours dans ses mains!

– Candice, c'est vraiment super la façon dont tu as réussi à prouver toutes les manigances de tes frères, dit-il. Veux-tu m'épouser?

– Voudrais-tu l'essayer ? demande Phinéas à Candice.

– Je le veux, Jérémy, dit joyeusement Candice, le regard dirigé vers l'espace vide devant elle.

Puis, elle fait un effort pour sortir de ce merveilleux rêve. Il n'y a qu'un seul moyen pour réaliser son rêve : apporter la boule de quilles géante au Quille-O-Rama et, ainsi, prouver à ses parents que ce qu'elle a toujours prétendu au sujet de ses frères est vrai !

– C'est-à-dire que, euh… J'aimerais beaucoup l'essayer, dit-elle à son frère.

– Parfait ! s'écrie Phinéas en ouvrant la porte de la gigantesque boule dans laquelle lui et Candice grimpent. Je vais te montrer comment ça fonctionne. D'abord, le poste de pilotage est monté sur gyroscope, il reste donc toujours au même niveau. Voici le moniteur et tu as, ici, la boule de commande que tu utilises pour diriger la boule, explique-t-il. Maintenant, quoi qu'il arrive, n'enclenche jamais le bouton de blocage du gyrostabilisateur. Cela désactiverait le gyroscope et tu te mettrais à tournoyer sur toi-même.

– Oui, oui, dit Candice, impatiente. Utiliser la boule de commande, ne pas toucher au bouton là-bas. Ça va, ça va, j'ai compris.

– On dirait que tu sais parfaitement ce que tu fais, répond Phinéas en descendant de la boule géante.

– Est-ce que ce n'est pas toujours le cas ? glousse joyeusement Candice en attachant sa ceinture de sécurité. C'est une affaire de rien. Quille-O-Rama, me voici !

– Bon, d'accord, Candice, vas-y lentement au début, l'avertit Phinéas depuis l'extérieur de la boule.

Mais Candice n'a pas du tout l'intention d'y aller lentement. Elle rit comme une hystérique et commence à faire tournoyer sans fin la boule de commande. Soudain, la boule est projetée vers l'avant et, à grande vitesse, elle renverse toutes les quilles !

– Vas-y, Candice ! crie Phinéas.

Mais, la grosse boule de quilles ne s'arrête pas. Elle file à travers la cour, broyant la table utilisée pour marquer les points. Elle fauche ensuite la clôture et débouche dans la rue !

– Mais, où va-t-elle ? s'étrangle Phinéas.

Tous les enfants courent à l'avant de la maison. Ils ont les yeux rivés sur la monstrueuse boule de quilles qui, peu à peu, prend de la vitesse.

Soudain, Phinéas sourit.

– Elle fait des figures libres ! s'écrie-t-il. Il faut la suivre et voir où elle va. Allons-y les amis !

Phinéas, Ferb, Isabella, Baljeet et Buford se séparent et, chacun de leur côté, retournent chez eux en courant. Ils peuvent ainsi utiliser leur mode de transport préféré : Phinéas s'installe sur son scooter rouge ; Ferb enfourche son vélo de montagne jaune et noir ; Isabella lace rapidement ses patins rose et blanc ; Baljeet grimpe sur son monocycle et Buford monte sur sa planche à roulettes.

Quelques secondes plus tard, ils se retrouvent devant la maison de Phinéas et de Ferb et se mettent aussitôt à la poursuite de la grosse boule de quilles.

Quelle que soit la destination de Candice, ils sont prêts à la suivre !

Chapitre 3

À l'autre bout de la ville, l'agent P s'agrippe fermement au long câble et se balance pour finir par se glisser par la fenêtre d'un vieux bâtiment abandonné. Mais ce n'est pas n'importe quel édifice, il s'agit des Entrepôts libre-service abandonnés Doofenshmirtz, où le maléfique docteur est en train d'élaborer ses nouveaux complots !

L'agent P atterrit sur le plancher et jette un coup d'œil autour de lui. La pièce est couverte de givre et de glaçons. Il y fait un froid de canard. Mais, avant que l'ornithorynque puisse visualiser la situation, un énorme pingouin mécanique vient se placer devant lui en se dandinant et le foudroie avec un rayon glacé. Perry se retrouve aussitôt pris dans un bloc de glace !

Dans l'esprit de l'agent P, il n'y a aucun doute que c'est le Dr Doofenshmirtz qui est derrière l'attaque du pingouin armé du rayon glacé, il n'est donc pas surpris de voir apparaître le maléfique docteur vêtu d'un parka pourpre au capuchon bordé de fourrure.

–Ah, Perry l'ornithorynque, juste à temps ! dit le Dr Doofenshmirtz qui se met à rire du haut de sa plateforme élévatrice. On dirait que tu as *pris froid* en arrivant !

L'agent P aurait aimé pouvoir lever les yeux au ciel en réponse à la blague douteuse du Dr Doofenshmirtz. Mais il est complètement immobilisé.

– J'aimerais que tu fasses la connaissance de ma dernière création, poursuit le docteur, le Pingouin-robot-géant-vaporise-glace-qui-gèle-jusqu'à-tes-chaussettes... machin-truc. Pour commencer, je vais lâcher mes pingouins géants pendant la foire aujourd'hui pour qu'ils

congèlent toute la ville. Ensuite, je vais pouvoir vendre mon chocolat chaud hautement toxi-comanogène de marque Doof à tous les citoyens de Danville.

Le Dr Doofenshmirtz fait une pause, tandis qu'il imagine dans sa tête les rues de Danville couvertes de glace et remplies de citoyens tremblant de froid. Et, au milieu de tout cela, la petite voiture d'un vendeur de chocolat chaud à côté d'une tasse géante et fumante remplie de son chocolat chaud super secret !

– Parce que, comme tu le sais aussi bien que moi, qui n'apprécie pas une bonne tasse

de chocolat chaud quand il fait froid ? demande le Dr Doofenshmirtz. La première tasse sera, bien sûr, gratuite. La *deuxième* sera aussi gratuite, mais… la *troisième* coûtera un million de dollars ! De cette manière, je n'aurai qu'à en vendre trois pour être aussitôt millionnaire !

Incapable de bouger, Perry ne peut que regarder l'armée de pingouins-robots du Dr Doofenshmirtz parader dans la pièce et se diriger lentement vers l'extérieur.

L'agent P est complètement frigorifié et, changé ainsi en bloc de glace, il lui est même impossible de frissonner. Il est encore moins question pour lui de s'opposer aux plans du maléfique docteur. Cela ne va cependant pas l'empêcher de trouver une solution.

Après tout, les citoyens de Danville, et ceux de tout le territoire du secteur des Trois-États, comptent sur lui !

Pendant ce temps, Phinéas, Ferb et leurs amis continuent de suivre la boule de quilles pilotée par Candice. Soudain, Phinéas réalise où Candice s'en va.

– Elle se dirige vers le Quille-O-Rama ! s'écrie-t-il.

Mme Flynn jette un coup d'œil à son téléphone.

–Tu sais, mon chéri, Candice n'a pas téléphoné, dit-elle à son mari.

–Oh, ne t'en fait pas, répondit-il. Je suis convaincu que les enfants s'amusent comme des fous.

À cet instant précis, l'énorme boule de quilles dépasse les parents de Phinéas et de Ferb et poursuit sa course en direction de l'entrée du Quille-O-Rama! Mais, comme elle va fracasser les portes du bâtiment, une fourgonnette, qui est sur le point de se stationner devant la salle de quilles, fait dévier la boule. Celle-ci roule en bas de la pente et prend de la vitesse à chaque seconde!

–Oooh, ça va faire mal, commente Phinéas au moment où la voiture heurte la boule.

–Oh, non! crie Candice de l'intérieur de la boule de quille. Elle essaie de diriger la boule, mais celle-ci change de direction et se met à sautiller. La boule a complètement échappé au contrôle de tout le monde et poursuit sa course!

Elle traverse un chantier de construction, tombe au fond d'un puits et roule le long d'un

gros tuyau. Les amis de Phinéas se tiennent derrière lui quand il s'approche du groupe des travailleurs de la construction.

– Où va ce conduit ? demande-t-il aux hommes rassemblés.

Un des travailleurs grogne.

– Comment le saurais-je ?

– Ferb, passe-moi le plan des souterrains de Danville, demande alors Phinéas à Ferb qui lui tend un rouleau de plans.

Phinéas commence à le dérouler et trouve un série de diagrammes représentant des tuyaux reliés entre eux, un plan de tous les conduits et tunnels se trouvant au-dessous des rues de Danville.

– Il semble que la boule se dirige vers le centre-ville ! déclare Phinéas.

Il se met aussitôt à la suivre, et tous ses amis lui emboîtent le pas.

Pendant ce temps, à l'intérieur de la boule, Candice est dans un état de panique totale.

– Arrête, arrête, arrête, mais arrête-toi donc ! crie-t-elle et, sans que la boule n'arrête de rouler le moins du monde, celle-ci poursuit sa course.

Soudain, elle s'engouffre dans un long tunnel et atterrit dans de profondes ornières, qui la ralentissent jusqu'à ce qu'elle s'immobilise enfin.

– Ben voilà ! dit Candice en soupirant. Voilà enfin qu'elle s'arrête.

Puis, elle jette un coup d'œil au moniteur et son visage est envahi par une expression d'horreur.

La boule de quille s'est immobilisée en plein milieu de la voie du métro.

Et un train se dirige justement vers elle à toute vitesse !

– Hé, une minute ! crie-t-elle. Bouge, mais bouge, allez, bouge-toi de là !

Mais, il est trop tard ! Le train percute la boule de quille et l'envoie rouler dans le tunnel. Puis, un autre train la heurte à son tour dans la direction opposée, où un autre train l'expédie dans une autre direction comme si elle se trouvait au milieu d'un jeu de boules géant ! Elle dépasse ensuite la plateforme d'un quai où deux hommes attendent le prochain train.

– C'est tout une boule de quilles, hein, Paul ? fait remarquer l'un des hommes.

– Ça, c'est sûr, Jules, acquiesce son ami.

Phinéas, Ferb et leurs amis arrivent sur la plateforme juste à temps pour voir s'éloigner la boule vers le bas de la voie du métro.

– La voilà, s'écrie Phinéas. Vas-y, Candice ! crient Baljeet et Buford.

– Et c'est reparti, ajoute Buford tandis que la boule reprend sa course dans le tunnel.

– Bon, on est tous d'accord, les gars. Elle se dirige vers la 7ᵉ rue ! annonce Phinéas.

– Vas-y, Candice !

Tous les enfants applaudissent et se mettent à courir derrière la boule de quille géante. Tout ça est très excitant et ils ont bien l'intention de rien n'en manquer !

Chapitre 4

Phinéas, Ferb, Baljeet, Isabelle et Buford courent à l'extérieur de la station de métro juste à temps pour voir la boule de quille géante, Candice toujours à l'intérieur, être projetée hors du tunnel sur le trottoir.

– Vas-y, Candice ! crient les enfants.

La boule de quille s'écrasa dans une cour, où elle rebondit contre quelques kiosques à journaux. Les cloisons de métal des kiosques résonnent : *ping-ping-ping* quand elles sont heurtées par la boule.

Cela donna une idée géniale à Phinéas.

– Hé, Baljeet! lance-t-il. Quel est le record mondial en ce qui concerne la plus grosse machine à boules?

– Je ne suis pas certain, répond Baljeet, en consultant son livre des records. Mais je suis convaincu qu'on peut le battre!

– D'accord, écoutez-moi tous, dit Phinéas. On agrandit le cercle et on garde la boule en jeu jusqu'à ce qu'on arrive à la foire!

Phinéas sait que, avec un peu de chance, il pourrait transformer toute la ville de Danville en un énorme jeu de boules! Les enfants s'écartent du centre afin de former un arc entourant la boule de quilles de manière à ce qu'ils puissent la suivre où qu'elle aille. La boule prend de la vitesse en se dirigeant vers l'extrémité de la rue, alors que Phinéas et Ferb la suivent de près.

À l'intérieur de la boule de quille, Candice s'agrippe aussi fermement que possible à son fauteuil. Elle est d'ailleurs très reconnaissante envers Phinéas et Ferb pour avoir installé une ceinture de sécurité aussi solide ! Malheureusement, la boule de commande est devenue inutile et, tandis qu'elle rebondit à l'intérieur de la boule géante, elle heurte soudain le bouton du gyrostabilisateur, *le* bouton que Phinéas lui a bien recommandé de ne toucher en aucun cas !

Une alarme stridente retentit dans toute la boule géante. Le fauteuil de Candice, solidement maintenu et stable jusqu'à maintenant, vient de briser ses attaches, si bien qu'elle rebondit maintenant d'une paroi à l'autre à l'intérieur de la boule !

– *Ahhhhhhhhhhhh !* J'ai complètement perdu le contrôle de la boule, hurle Candice tout en tournoyant sans fin sur elle-même.

La boule géante roule toujours plus vite le long d'un

mur courbe et pulvérise une porte. Elle franchit quelques tourniquets, heurtant chacun d'eux avec un bruit strident avant de rebondir par-dessus et de poursuivre sa course.

La boule charge ensuite les statues en or des athlètes érigées devant le centre sportif de Danville. *Ping!* Elle rebondit sur un bâton de hockey doré. *Pang!* Elle heurte le pied doré de la statue d'un joueur de soccer. Puis, elle fonce entre des rangées de voitures station-nées, qu'elle dépasse pour filer en direction du supermarché d'alimentation, et de tous les clients inconscients du danger!

Baljeet sait très bien ce qu'il faut faire. Il s'élance devant la boule en mouvement et se tient en position juste devant les portes automa-tiques du magasin. Quand la boule de quille est toute proche, il saute devant les portes.

Whouff! Les portes s'ouvrent, projetant la boule géante en direction opposée au magasin!

Phinéas enfourche son scooter. Il a l'im-pression que la boule se dirige maintenant vers le cinéma de Danville. Phinéas arrive

avant la grosse boule.
Il saute de son scoo-
ter et, d'un grand
coup de pied, il ouvre
les portes, juste à
temps pour que la
boule passe à côté

d'eux ! Toutes les lumières de la marquise au-
dessus de l'entrée du cinéma s'allument et
commencent à clignoter. Génial, on dirait bien
que Phinéas vient de mettre en scène son jeu
de boules géant, comme lui seul sait le faire !

– *Wou-hou-hou !* s'écrie-t-il.

Puis, la boule ressort brusquement du cinéma
et roule à toute vitesse en direction du pont de
la ville. Si elle traverse le pont et sort de
Danville, elle mettra peu de temps pour
se rendre jusqu'à une autre ville et ce sera
beaucoup plus difficile pour les enfants de la
maîtriser !

Oh, oh ! Quoi faire maintenant ?

Chapitre 5

Ferb a heureusement tout de suite compris ce qu'il faut faire. Il s'élance et grimpe dans la tour de contrôle du pont. Avant que l'opérateur puisse réagir, il appuie sur un bouton commandant l'ouverture du pont qu'on utilise pour permettre aux grands bateaux de traverser. Le pont s'ouvre et renvoie la boule vers Danville !

Tandis que la boule de quille continue de prendre de la vitesse, tout le monde doit réagir rapidement afin d'éviter la catastrophe ! Et, tout le monde est, bien sûr, à la hauteur. Isabella vient en aide à une vieille dame

pour qu'elle puisse se mettre hors de la trajectoire de la balle au moment où celle-ci surgit dans le magasin. La boule file de haut en bas des escaliers mécaniques et le long des allées du centre d'achat sous le regard des clients ébahis. Sur son passage, elle fauche deux ou trois fontaines, quelques voitures de vendeurs d'articles divers et un ou deux kiosques d'information.

–Ahhhhhhhhhh ! continue de hurler Candice, qui est de plus en plus étourdie à mesure que le temps passe.

La boule de quille roule maintenant de plus en plus vite et file à l'extérieur du centre d'achat, fonçant maintenant sur un camion à benne remplie de ciment liquide. Mais le ciment ne ralentit aucunement la boule. Il se transforme plutôt en rampe de lancement : la boule roule jusqu'au fond de la benne et s'envole, s'écrasant sur une voiture de vendeur de fruits frais ! La pulpe de fruits jaillit aussitôt et douche tous ceux qui se tiennent à moins de trois mètres.

Ferb s'avance calmement vers la voiture et donne un coup de pied sur un morceau de bois qui maintient la voiture soulevée. La boule de quille roule et s'éloigne de la voiturette vers la rue.

–Oui, parfait. Il faut la garder en mouvement, Ferb ! crie Phinéas.

Les frères regardent la boule géante s'éloigner. Elle roule à présent vers la foire !

À l'entrée de la foire, un vendeur a installé un jeu qu'il a baptisé *Fauche les bouteilles*. Chaque participant doit essayer de renverser une pyramide constituée de bouteilles de lait en lançant une balle. Si le joueur gagne, il ou elle peut choisir un animal en peluche frisé parmi tous ceux qui sont suspendus en haut de la tente. Mais, ce que les participants *ignorent*, c'est que les bouteilles sont extra lourdes... et que la balle, elle, est extra légère. Il est donc pratiquement impossible de gagner à ce jeu !

– Oh, meilleure chance la prochaine fois, jeune homme ! dit Joe le Ténébreux, le vendeur, à un garçon déçu de n'avoir pas réussi à renverser au moins une bouteille. Joe s'efforce d'avoir l'air sympathique. Puis, son visage s'illumine quand il voit Isabella se diriger en patin vers le jeu.

– Isabella ! Chère Isabella ! s'écrie Joe.

– Prépare le jeu, Joe, dit Isabella en déposant avec un bruit sec un dollar sur le comptoir. Elle lui offre son plus beau sourire.

– Je sens que je vais avoir de la chance, aujourd'hui !

– Oh, ça, c'est ma petite Isabella ! s'exclame Joe en lui tendant l'une des balles du jeu.

– Concentre-toi bien !

Joe se met de côté pour qu'Isabella ait suffisamment d'espace pour prendre son élan et lancer la balle. Mais, pendant qu'il a le dos tourné, Isabelle fait elle aussi un pas de côté.

Crac !

Soudain, la boule de quille géante fauche tout le kiosque, renversant absolument toutes les bouteilles de lait ainsi que tous les animaux en peluche !

Joe fronce les sourcils. Alors, quelqu'un a *finalement* réussi à gagner à son jeu truqué.

– Fais ton choix, dit-il d'un ton triste à Isabella, en montrant une pile d'animaux en peluche.

– N'importe lequel sur la tablette du haut.

C'est alors qu'une voix s'élève dans les haut-parleurs.

– Bienvenue à tous les Danvilliens à la remise des prix des records les plus futiles au monde ! s'égosille l'annonceur.

Quelques personnes présentes à la foire se rassemblent autour d'une scène où est tendu un grand rideau de velours rouge. Elles espèrent avoir la chance de voir qui – ou ce qui – a battu un record cette année !

– Faisons d'abord connaissance avec ceux qui détiennent les records actuels ! poursuit l'annonceur. Nous avons, ici, Cletus, qui est « le cochon le plus poilu du monde ».

Un cultivateur s'avance alors en portant un immense cochon, très poilu. Il envoie la main aux personnes dans l'assistance.

– À côté de lui se trouve Margaret, avec « le fromage qui sent le plus mauvais du monde », proclame l'annonceur en montrant un fromage à la foule.

Mais celle-ci ne prend aucune chance. Le fromage puant est enfermé dans une boîte protectrice spéciale et Margaret porte une combinaison spatiale pour se protéger de l'odeur envahissante du fromage !

– Et, enfin, nous avons le petit Tim, qui tient dans ses mains « la gerbille la plus rapide du monde ! » s'écrie l'annonceur.

Alors, un petit garçon s'avance, tenant dans ses deux mains une cage à gerbille. Il a une grande cage, mais la gerbille aussi est grande ! Elle arrive à peine à tenir à l'intérieur !

– Applaudissons très fort les détenteurs des « records les plus futiles du monde ! » dit enfin l'annonceur.

Au moment où les spectateurs commencent à applaudir poliment, Phinéas et Ferb se précipitent au devant de la scène.

– Attendez ! crie Phinéas. Nous avons deux autres « records les plus futiles du monde » à vous présenter !

L'annonceur sourit aux garçons.

– Bien, alors, montez sur la scène et dites-nous de quoi il s'agit.

Phinéas et Ferb montent sur la scène. L'annonceur tient le microphone devant Phinéas.

– Notre première inscription est pour « la plus grosse boule de quille du monde », dit Phinéas dans le microphone. Et l'autre est pour « la plus grande partie de machine à boules du monde » !

– Ouaouh ! s'écrie l'annonceur. Alors, montrez-nous ça !

Ferb tend la main.

– Attendez un peu…, dit-il.

Soudain, la boule de quille géante de Phinéas et de Ferb passe à côté de la scène. Elle rebondit en contournant quelques kiosques de jeu, percutant chacun d'eux avec un bruit de cloche retentissant. La foule hurle de joie ! Tous les spectateurs applaudissent et crient pendant que la boule géante transforme tout le terrain de la foire en un immense jeu de machine à boules !

– On dirait bien que nous avons deux « records les plus futiles du monde » de plus ! s'écrie l'annonceur. Puis, il s'immobilise brusquement.

– Attendez ! *Deux* records en *une* journée ?
Ça, c'est un *autre* record mondial !

Phinéas et Ferb sourient en se regardant.

Ils espéraient avoir une journée excitante,
mais ils n'auraient jamais imaginé avoir
autant de plaisir !

Chapitre 6

Dans les locaux des Entrepôts libre-service abandonnés Doofenshmirtz, l'agent P est seul, et il est toujours prisonnier du bloc de glace. S'il n'arrive pas à trouver un moyen pour se libérer de sa prison glacée, le Dr Doofenshmirtz et son armée de pingouins-robots capables de souffler de la glace allaient certainement réussir à congeler toute la ville !

Mais l'agent P s'est déjà sorti de situations tout autant désespérées dans le passé. Et il va, sans aucun doute, renouveler cet exploit !

À quelques pieds plus loin, sur une table, le Dr Doofenshmirtz a laissé une tasse de chocolat chaud de marque Doof qui fume. L'agent P plisse les yeux en regardant la tasse. Si seulement il pouvait trouver une manière de l'atteindre, la chaleur du chocolat chaud ferait fondre le bloc de glace et libérerait l'agent P, tout en lui donnant l'occasion de faire échec au dernier plan machiavélique du Dr Doofenshmirtz.

Rassemblant toutes ses forces, Perry essaie de bouger ses orteils. Au début, rien ne se passe. Puis, il arrive enfin à bouger l'un de ses orteils ! Lentement l'agent P réussit à remuer un peu plus ses orteils, élargissant l'espace libre à l'intérieur du bloc de glace et le faisant osciller un peu plus vite. Il provoque ainsi un léger frémissement dans le sol qui finit par produire de faibles vibrations s'étendant jusqu'à la table à quelques pas devant lui.

Lentement, *lentement*, la tasse de chocolat chaud se rapproche du bord de la table !

L'agent P continue de faire osciller le bloc de glace, sans jamais quitter la tasse des yeux.

Soudain, la tasse bascule du bord de la table. Elle tombe sur le sol où elle se brise en mille morceaux. Une rivière de chocolat chaud fumante se répand aussitôt sur le sol en direction de l'agent P !

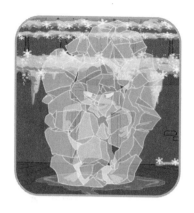

Dès que le chocolat chaud atteint le bloc de glace, celui-ci commence à se fendiller. Puis, dans un grand craquement, la glace se brise en mille morceaux. Enfin ! L'agent P est libre !

Il n'a pas une seconde à perdre. Il s'empare de son fusil lance-grappin qui l'attendait sur la fenêtre et tire un coup. Il s'agrippe ensuite au long câble qu'il vient de lancer au loin, l'utilise pour se catapulter hors du bâtiment et dirige aussitôt ses pas vers la foire. Il faut absolument qu'il arrête le Dr Doofenshmirtz avant qu'il ne soit trop tard !

Chapitre 7

Pendant que toute la foule acclame Phinéas et Ferb à la foire pour les féliciter d'avoir battu leurs records, un bruit mystérieux se répercute partout dans la municipalité de Danville, faisant trembler les rues de la ville.

Tchoump! Tchoump! Tchoump!

Le bruit sourd provient du Dr Doofenshmirtz et de son armée de pingouins-robots géants! Ceux-ci approchent du terrain de la foire et le diabolique docteur sera bientôt en mesure d'exécuter son plan, et de congeler toute la ville !

– À la foire, mes chéris, où nous entamerons la congélation de tout le secteur des Trois-États !

Le Dr Doofenshmirtz glousse de plaisir, tout en poussant devant lui une voiturette remplie de chocolat chaud fait maison.

Mais, à cet instant précis, l'agent P se glisse derrière le groupe des pingouins-robots.

Il sait fort bien qu'il aura une chance, et une chance seulement, d'agir. Avec son fusil lance-grappin, il tire en direction d'un gros tuyau recourbé installé au haut d'un des bâtiments. Quand le grappin est agrippé de manière sécuritaire, l'agent P tire le tuyau jusqu'à lui. Puis, il le met en place pour qu'il se trouve face au groupe des pingouins.

Tout à coup, l'énorme boule de quille surgit sur le terrain de la foire. Elle fonce en ligne droite sur les pingouins !

Une expression de terreur traverse le visage du Dr Doofenshmirtz.

–Attendez! Attendez, qu'est-ce que c'est que ça? braille-t-il. Une boule de quille géante? *Nooooonn!*

Le Dr Doofenshmirtz se tient au premier rang des animaux rassemblés derrière lui, afin de les protéger, mais il n'est absolument pas de taille à se mesurer à l'énorme boule. *Broum!* Elle fauche la rangée de pingouins en formation, les renversant d'un coup comme s'il s'agissait de quilles géantes!

L'impact de la boule envoie le Dr Doofenshmirtz tournoyer haut dans les airs. Le choc expulse aussi Candice de la boule de quille géante et l'expédie en direction de la grande roue!

–*Ahhhhhhhhhh!* hurle Candice tandis qu'elle plane dans les airs. Elle survole presque entièrement la grande roue, mais elle finit par atterrir dans un des sièges, juste à côté de Jérémy!

–Oh, Candice! Tu es là! s'écrie Jérémy. Je commençais à croire que tu ne viendrais pas.

Candice est tellement troublée d'être assise à côté de celui dont elle rêvait en secret qu'elle est incapable de dire un mot.

Et, sa peur des hauteurs s'est envolée ! Soudain, une voix retentit dans les haut-parleurs.

–Nous désirons adresser un merci tout spécial à notre sœur, Candice ! annonce Phinéas sur la scène, micro à la main. Ferb se tient debout à côté de lui et il jongle avec les trois trophées dorés qu'ils ont remportés en s'efforçant de ne pas les faire tomber. Sache que nous n'aurions pas pu réussir sans toi, sœurette !

Le sourire de Candice commence à s'effacer. Elle n'arrive pas à y croire. Encore une fois, ses frères ont réussi à s'en tirer ! Et, cette fois, on leur avait même décerné des *trophées* pour tous les problèmes qu'ils ont causés !

–Tu sais, tes frères sont très bien, dit Jérémy. Et le voilà qui pointe son doigt en direction de la scène où Phinéas et Ferb envoient la main à la foule.

Puis, Jérémy remarque que Candice semble effrayée.

– Hé, ça va ? demande-t-il.

Candice est muette. Elle montre le sol au-dessous d'eux, où Phinéas et Ferb nagent en pleine gloire après avoir brisé leurs trois records en une seule journée.

– Oh, est-ce que tu as peur des hauteurs ? dit Jérémy, en s'efforçant de la rassurer.

Il passe alors son bras autour des épaules de Candice.

– Ne t'en fais pas, je suis là !

Pendant que Candice jette un regard rêveur à Jérémy assis à côté d'elle, son impression désagréable vis-à-vis de Phinéas et Ferb commence lentement à se dissiper.

Au loin, sous la grande roue, Phinéas remarque que Perry l'ornithorynque s'est approché jusqu'à la scène.

– Que penses-tu de tout ça, Perry ? demande Phinéas en présentant le micro à son animal favori. Aimerais-tu ajouter quelque chose ?

Perry regarde alors fixement devant lui et aucun son ne sort de sa bouche. Il ne faut surtout pas risquer de révéler son identité d'agent secret !

De l'autre côté du terrain de la foire, Joe a retrouvé sa bonne humeur. Il a d'abord cru qu'il lui faudrait des jours, ou même des semaines, pour reconstruire son kiosque de jeu et pouvoir se remettre au travail.

Mais, une nouvelle perspective d'emploi imprévue s'est présentée : Joe a été engagé comme présentateur du spectacle forain dont la nouvelle vedette est une créature vraiment curieuse !

– Mesdames et messieurs, approchez, approchez ! criait Joe. Il ne vous en coûtera qu'un dollar pour voir le mystérieux homme-pingouin ! Est-ce un homme ? Est-ce un pingouin ?

Un par un, les spectateurs s'approchent et remettent un dollar à Joe qui tient le rideau de velours et les fait entrer dans une pièce à l'éclairage tamisé. Et c'est là que, assis sur un tas de foin, se trouve une créature vraiment troublante.

Il s'agit du Dr Doofenshmirtz, qui a revêtu la tête d'un de ses pingouins-robots ! Les yeux et le nez du Dr Doofenshmirtz apparaissent dans

l'ouverture du large bec ouvert du pingouin.

Celui-ci soupire.

– Auparavant, j'avais des objectifs dans la vie. D'accord, ils étaient diaboliques, mais c'étaient de vrais objectifs, murmure-t-il pour lui-même.

Le Dr Doofenshmirtz a beau s'apitoyer sur son sort, ce n'est en fait qu'une question de temps avant qu'il ne se remette à échafauder des complots diaboliques.

Et quand cela se produira, l'agent P sera là pour s'occuper de lui !

Quant à Phinéas et Ferb, ils n'arrivent pas à croire qu'ils ont réussi à briser autant de records en un seul jour, et grâce à Candice. Ils viennent de vivre une autre merveilleuse journée de leurs vacances d'été !